ナポリの春

岡本勝人

思潮社

ナポリの春

岡本勝人

思潮社

目次

装幀＝思潮社装幀室

ナポリの春

1 プロローグ——ケルトの地から光がさす

フェノロサが
法隆寺の救世観音をみたのは
いつのことだったろう
夫人から能の草稿をパウンドがあずかり
パウンドからイェイツが能をしったのは
——一九一三年の冬
いまから百年も
むかしのことである

(われわれはたましいで生きている)

アイルランドの海のかなたには
不老国があるという
『鷹の井戸』では老人と若者が仮面をつけた
ケルトの薄明がおりてくる
井戸のそこでは
笛の音が死の水を求めて
誕生と死とこの世の愛と苦しみを輪舞させている

（われわれはからだで生きている）
ひとつの時代が終えると
老人も若者も能を舞った
だから詩劇のなかに友の顔をさがしてみよう
白鳥が波のさった湖面に映る恋人の顔にみいっている
暖炉の炎が生命を吹きかえす
イェイツが神話のなかに読むものは

妖精が歌ううしなわれた恋と癒しの断章だ

（われわれはことばで生きている）
歌は山川草木をわたって吹いてくる
墓碑銘をさがしているのはどなたですか
いくつもの光がたましいとなって海へ帰っていく

2 月山をいく

クリーム色の電車が
ゆっくりと踏み切りをとおり
遮断機のまえで
自動車がテールランプを赤く点灯した
コンクリートの端にある初夏のグラジオラスは
暗闇の夢想花にひかっているというのに
谷のかなたに
こんもりとした山々が
ゆっくりとひかりの雪に覆われはじめる

あれは新幹線

雪をいただく月山の麓では

黄色い菜の花と白いさくらんぼの花が咲き

在来線の線路を走っていく

犬　猫　の多いパリの夏の日の終わり
東京は暑いのだろうがこれから帰るよ
東京の夏の日には終わりのプールだね
シャルル・ド・ゴール空港で
残ったユーロをはたきおとすように
オイルサーディン四缶と
サンセールの白ワインを三本購入した

お盆で故郷へ帰った。
白い　白い夏、
赤い百日紅がとてもかがやいていた夏、
はじめて草野心平文学館を訪れた。
詩人はいわき市小川町に生まれ。
ぼくは埼玉県の小川町に生まれ。
これらの光景は
時間のうわずみのような

しがないわたしの人生の書斎で
目でみた鳥籠であり
こころで感じた祭壇である

3　月と足裏のラプソディ

I

ふだんは気にもとめない足裏だが
ほんとうは脳のように複雑で
いくつものつぼがある
つぼの位置はほぼ左右対称だ

いまだ老いたとはいえない道元が
病のために山をおりた
生まれた京都が、終焉の地だった
「生死《しょうじ》の中に仏あれば生死なし」
五十三歳の暑い夏だった

山へと石段をあがると、門前の桜は満開だった
日蓮は山をおりると、洗足池の庵で休んだ
そこが、終焉の地だった　六十一歳
何通もの懇切な消息が遺される

立って歩けるうちが生である
頭のてっぺんからつま先までの
心身の総体がこころである
ゆっくりと歩けばとおくまで歩いていける
わたしたちの歩みはどこまでいけるのだろう
時代の転換期にあっても
食と歩行は基本であると、旅の詩僧は語る

（きみは歩きながら詩を書いている
でも、いまだだれも幸せにすることができないでいる）

II

ヘシオドスが『労働と日々』を書く
ティタン族とオリュンポスの神々の十年もつづく戦争があった
ゼウスは記憶の女神ムネモシュネを妻にする
誕生するのは詩歌の女神《ムウサイ》たち
クレイオーは英雄詩を
　ウーラニアは天文を
　　メルポメネーは悲劇を
　　　タリアーは喜劇を
　　　　テルプシコレーは合唱詩を
　　　　　エラトーは恋愛詩を
　　　　　　カリオペーは悲歌を
　　　　　　　エウテルペーは流行歌を
　　　　　　　　ポリュムニアは舞踏を

鷲になったゼウスにさらわれた
ガニュメーデースよ
このような時代にもグラスに酒を注いでおくれ
竪琴を弾く楽人《アオイドス》が
叙事詩を語りはじめるとき

吟遊詩人ホメロスが、ムウサイに語りはじめる
叙事詩『イリアス』と『オデュッセイア』
英雄アキレウスが呱々の声をあげると
母親は息子を不死の泉につけた
そのとき、つまんでいた踵だけが生身になった
トロイの王子パリスの放った矢が
不死身の英雄の踵を射抜いた
足は変幻し、炎上するトロイに虹がかかる

智将オデュッセウスよ
きみは故郷のイタケ島へ帰らなければならない
それには十年もの冒険譚が必要だった
舞台はきみたちの地中海
きみはカリュプソやセイレーンの誘惑にも負けなかった
老婆が「足洗いの場」でしる古傷は、幼かったきみの証明だった
——足裏の人生が語る故郷での復讐譚
詩人は『オデュッセイア』の終章を語る

Ⅲ

美しいアプロディーテと英雄アンキセスから生まれた
アイネーアースは滅亡するトロイから脱出する
父を背おい、息子の手をひき
混乱のなかで妻をみうしなった
アイネーアースの足裏は

地中海の波に洗われ、地図のうえの島にあった
舞台はきみたちの地中海
七年の月日が流れ
愛する父を亡くし
ようやくイタリア半島に上陸する
神話の時代が終わり
新トロイアこそローマのはじまりだった
ウェルギリウスは
晩年の十一年間に
『アエネーイス』を書く
老いた詩人は
ギリシアから帰国するが
アッピア街道の終着地ブリンディシで病に伏せる
——白々と夜が明けるころ
息が消えうせようとする前に

ベッドのなかで最後の章を語りはじめる

Ⅳ

地下鉄をおりると
築地本願寺の門前にでた
明日の準備のためだろうか
午後の築地市場は戸を閉ざしたように静かだった
無意識の奥からきこえてくるのは蒸気の音にちがいない
渡し船が波除神社にやってくる
(夏祭はもうすぐだ)

ナチス帝国は、機甲師団で大陸を蹂躙した
ロンドンの街に、爆撃機とロケットを飛ばしたが
ベルリンは第三帝国とともに壊滅する

島国から輸送船に乗って
朝鮮半島や中国大陸へと赴いた兵士たち
記録ニュースを埋める日章旗の波
舞台は、われらの海、日本海と太平洋
船も飛行機もうしない
帝都トウキョウは燃え尽きた
希望と夢は人生とともに中断するもの

月島のうえに白い月がのぼる
海からひっきりなしに強い風がやってくる
灯が街をおおいはじめる
波除神社にひとびとの影はまばらだった
(今年は水の夏祭りにでかけてみようか)
月島生まれの詩人思想家、吉本隆明の声が
録音テープから語りかけてくる

4

多島海

多島海の白壁の家々の
白い足の照り映える
夕陽と闇の交換する

考古学博物館の
サッフォーの肖像画のふりむいた
そうして月の夕星の歌を
ひそやかの聞いているのです

東海道の宿場で足湯につかる

江戸の月の裸になると
足裏の白くなる
広重の北斎の白い足の
白湯のひたされる
旅人たちの
ミューズの足湯のつかってもよいですか

イタケ人よ
シテ島のどこにあるのです
セイレーンの黒い森のサイレン（警笛）をならしているのですね

富岡鉄斎の「浮島原《うきしまがはら》晴景図《せいけいず》」と
酒井抱一の「富士図」の色紙の購入してみたものの
確実の抽象の感情移入するのは
飛び散る比喩の粒子のちがいない

世界がうつろの転換するときの
受け継ぐ過去のなければ
語る未来のない

ニューヨークの聖パトリック教会の行列ができる
五番街の
マヌカンのマリーをみつけたの

5　早春のナポリ

I

ウェルギリウスが
ブリンディシで亡くなった
十年書きついだラテン語の『アエネーイス』を推敲し
実証するために
ギリシャの旅をつづけた
石畳のうえでは
革のサンダルは役にたたなかった
カンパーニャ地方に

ギリシア人がネアポリスを建てる
ウェルギリウスの遺骨が
館のある港町ナポリに着く
——石畳に春は近づいていたのだろうか

早春ノなぽり
海ノ色ハ
卵城カラモ新城カラモミエル
らぴすらずり色デツクル青イ海

ソレント半島のアマルフィの
海辺の渓谷に檸檬の花が咲きはじめるころ
オデュッセウスが冒険した地中海の風は薫る
プロチーダ島の浜辺では
映画「イル・ポスティーノ」にでてくる食堂が昼休みをとり

教会の鐘が鳴り響く
夕暮れて浜辺に足跡を残してさる旅人たち
(革の靴は、傷ついた足裏だけでなく
こころの傷をも保護してくれるにちがいない)

アエネーアースは、カルタゴの女王ディードの愛をふりすてて
イタリアへむかうと
ナポリのちかくのクーマエに上陸する
亡き父アンキセスにもういちど会いたい
神託をつげる巫女《みこ》シビュラと
黄金の枝を折って冥界へとつづく洞窟にはいる
シビュラはアポロンに愛され
砂の数ほどの年齢をもらったが
残念なことに若さを願うのを忘れた
老いた姿のまま「死にたいの」とささやいている

ウェルギリウスは、『オデュッセイア』の冥界をさかのぼる
ボッカチオはナポリの宮廷で
仕事と恋に身をやつしたが
晩年はフィレンツェへ移動し
教会でダンテの『神曲』を講じた
詩人がさまようナポリの街
……フィアンメッタ
亡命詩人ダンテは再びフィレンツェの土をふむことがなかった
……ベアトリーチェ
ダンテはウェルギリウスとともに「三界」へはいり
ベアトリーチェの導きによって「至高天」にたどりつく
おおいにトルバドゥールたちは歌うのだが
早春の光は、大地にはおりてはこない
——春のとどろきは、いまだ暗いナポリの空のうえにある

II

「われもまたアルカディアに！」（Auch ich in Arkadien!）と
ゲーテの『イタリア紀行』は
ドイツ語のエピグラフではじまる
アルカディアを画布に描いたのはプーサンだった
三人の牧童と一人の少女が墓碑銘をみつめる「アルカディアの牧人」
アルカディアとはギリシアの地名だが
「平和郷」の代名詞で
ウェルギリウスも『牧歌』にうたった土地だ
ゲーテは『オデュッセイア』を携えて
ナポリから船でシチリアへ渡る
革靴の足裏は火山の泥と埃でよごれていた
ナポリの考古学博物館では
「フローラ（花）」のフレスコ画をみた

緑の地に描かれた白と黄の婦人の後姿に野の花
清楚な古代の名品だ
七九年、ヴェスヴィオス山の大爆発
熱い灰がスタビアの丘にふりつもり
「フローラ」の壁画も館ごと飲みこまれてしまう

　早春ノなぽり
　海ノ色ハ
　卵城カラモ新城カラモミエル
　らぴすらずり色デックル青イ海

ヴェスヴィオス（英語）とは
ラテン語で「火の山」のことである
朝のホテルから　昼の王宮から
夕暮れの城から望む　双頭の山

三千メートルもあった頂きは
大噴火のあとふたつに割れて
千二百八十一メートルになった
――風の足裏のゲーテよ
――同胞のランボーよ
（革靴は石畳のうえにどんな人生の影と音を残してきたのだろう）
丘に群れる、かさ松の影をふむ足裏の旅

Ⅲ

往時のナポリはイタリア有数の海洋都市だった
王宮前広場を埋めるのは
花火を待つ大晦日の群集だ
カフェ・ガンブリヌスでは
カルボナーリ党がエスプレッソを飲みながら

独立の革命を語りあった
カンパネッラはヴォメロの丘に幽閉され
牢で『太陽の都』を書きスペインからの独立をくわだてる
夜の酒と食事のあとの倦怠は
朝の冷たい光と影にとけこみ
海の薫りを部屋のなかまで運びこむ
石畳のうえを革靴が歩く
ここでは硬い革底の靴が必要だ

彫刻家ベルニーニは、この街で生まれる

ローマの観光客も
まず広場の噴水の彫像を
何度となく目にとめる
かさ松の並木から
金色の太陽がのぼってくる
ボルゲーゼ公園の小道を

トチの実をふんでのぼっていった
宮殿の大広間には
ベルリーニの「アポロとダフネ」や「ダヴィデ」の繊細優美な彫刻が立つ
「アエネーアース、アンキセスとアスカニウス」もそのひとつだ
トロイの落城
父アンキセスを背負い
息子アスカニウスの手をひいて、脱出した　しかし
片方の手から妻がすりぬけてしまう
その手は、二度と握りかえされることがなかった

IV

街には
左に右にうねうねとせまい路地がつづく
青空市場では赤ピーマンやトマトがひかっている

ピッツァの本場に行列ができる
頭上には
ロープをつらねて白い洗濯物がひるがえり
地下の廃墟では石切り場の水が静まりかえる
ローマのオベリスクが
ナポリのグーリアの塔になる
広場の象徴的な宗教的モニュメントだ
——バロックの光こそ
太陽の都にふさわしい
夜ふけると靴音のひびきにカンツォーネがきこえてくる
　　　　　　ウェルギリウスの最後の旅について語るときがきた
スローウォークでゆくにしても
わたしたちの人生の旅は途中で終わるのだ
それをおそれてはいけない
人生はそれほどはながくないのだ……

そう
——ウェルギリウスは熱病に倒れ
ながい異国の旅で疲弊し
アッピア街道の終着の港
ブリンディシにようやく上陸する
臨終のちかくにあった弟子は
ふたりとも美しい男性だった
ひとりは哲学者で
ひとりは詩人である
死の床にあってなお
完璧を望んだ詩人は
『アエネーイス』の稿を破棄するように求めた
皇帝と弟子たちによって
未完の原稿はかろうじて世に残った
ヘルマン・ブロッホは

オーストリアのユダヤ人だが
ナチスに拘束される
ジェームズ・ジョイスたちによって救出され
ロンドンからニューヨークへと逃れる旅
長編思想詩『ウェルギリウスの死』は
詩人の死ぬ前の十八時間を
ブロッホがみずからの体験をもとに描いたものだ
ナポリの中心から西へむかうと丘がある
トンネルのむこうに
ウェルギリウスの墓が残る
若いときに政治を志したがかなわず
領地のあるこの街に隠棲して詩を書いた
卵城には
ウェルギリウスの不思議な伝説がある
名馬をみわける力のあった詩人は

預言者で魔法使いといわれた
（盲目の詩人が語りかける
琵琶法師の叙事詩
弾き語りの盲目僧が
『保元物語』を
『平治物語』を
『平家物語』を　語りはじめる）

革の靴が、夕闇のなかを歩いていく
雨にぬれそぼった黒い石道をくだる
ダンテ広場には
カフェからジャズが流れていた
酒場をぬけて、無意識に導かれ、ふらふらと移動していく
みうしなった家に無事にたどり着くことができるのは

薄明を歩いてきた
つぼの呼吸によるもの
わたしたちは足裏の無意識に導かれるのだ

カンパーニャ地方には
北からゴート族が移りすんで
いまでは地産地消のスローフードを世にひろめる
水牛のモッツァレッラチーズと赤いトマトに
白や緑の無農薬の野菜を料理する
スローライフとはスローウォークすることである
(わたしたちははたして
生きいそぐという意識の強迫観念から
離脱できるのだろうか
人生はいそぐ旅ではないと
何度も無意識にいい聞かせながら……)

6 カラヴァッジョの絵

バロック時代の建築家ベルニーニだけでなく
イタリア人はどうしてカラヴァッジョがすきなのだろう
運命にもてあそばれた画家
ローマのポポロ広場で長い行列をみたのは
カラヴァッジョの作品をみる列である
七つの丘と
七つの巡礼地
数もしれない泉（フォンターネ）の
ローマの乳白色の街に

イタリア人は明と暗を駆使する
カラヴァッジョのリアリズムの絵を
歴史の廃墟の明暗として愛した

もう十年も前のこと
目黒の庭園美術館で開かれたカラヴァッジョ展も
はじまって以来の入場者数を記録した
わずか七点のカラヴァッジョでは
十分とはいえないが
ローマやナポリのうす暗い教会の一角で
蠟燭やランプの灯に照らしだされた
絵の実相に
存在の意義を「観想」する

ミケランジェロ・ブオナローティ

ミケランジェロ・メリジ・ダ・カラヴァッジョ

カラヴァッジョの数奇な運命は
ミケランジェロの人生をもしのぐ
闇から明るみへと人物をかたどる
なにもない石から像影をほりだす
ミケランジェロの才能は
ゆがんだ真珠のバロックへの道をひらいた
ローマで人を殺め
ナポリで騒動を起こし
シチリアのパレルモから
マルタ島へ逃れた
絵の光は
わたしたちのこころのなかの光だ
絵の影は

わたしたちの生活のなかの影だ
罪を背負い
罰を受けつつ生き
受難として受け止めた

シチリアの州都パレルモでは
「生誕」が盗難にあっていまも返ってきていない
ヨーロッパじゅうがカラヴァッジョ
ナポリ市内のピオ・モンテ・デッラ・ミゼルコルディアの共同寺院にある
「慈善の七つの行い」の絵にも　秘密の解読が必要だ

絵のつやと
モノトニーの色が
強すぎるほどの陰影を主張する
エル・グレコの

垂直性のみあげるような祈り
さりながら　カラヴァッジョの光と影は
バロック的カ行変格活用だ
影が充満する
ひかりかがやく明るい部分にさえ
暗闇の深さがある
光と影が
バロックの弁証法だ
絵の影が
暗さとして顕現し
暗さは半透明となり
明暗が強くてみえない天使を描く
光と影の二元論は一者の筆法だ

ローマに帰りたかった
ローマのちかくまでようやくたどりついていた
マラリアに罹るとそれ以上はすすめなかった
乳白色のローマの街を脳裏にえがいたまま
うす暗いベッドのうえで病没する
仮面をつける旅人が
枕元にたたたずむ
いつものように
鐘の音を聞くと
白い葡萄の房に口づけをして
夢と絵を織った絨毯を
画家の足元にしいた

7

間奏——或るひとつの世紀の墓標　二〇一二年九月

もしわたしが画家ならば
目の前でりんごをむく
きみの姿を描くだろう
しかしそれはかなうまい
なぜならわたしは
詩というやっかいな世界にいるからだ
フルーツポンチの硝子の器に
白ワインを注ぎこみ
切り刻んだりんごとパイナップルに
黄金の蜂蜜を混ぜあわせる

うす暗い店のノイズにちかい音楽も
ときにはクールなジャズのように響いてくるものだ
世界のいたるところに
透明な煙が流れこんだのだから
記憶の奥底から
黄金の虹が立ちあがるにしても
わたしの意識のあずかりしらないことである
――しかし故郷の映像は
黒くかたまって蝙蝠たちが群れ飛ぶ YouTube も
騒がしいカラスたちが弧を描く YouTube も
透明な煙の微粒子がおよんでくると
飛翔の体系を拡散させて
ばらばらになってしまう
詩人の故郷は
半島で買い求めた

白地にうす紅の蓮を描いた陶器のように
遠くからさびしく眺めるだけの存在かもしれない
ときおり脳裏のなかで
触れたりなでたりしながら
感触をもてあそべるものの
そこに生きる動物や植物は
失われた現在の寓意のなかで
死にむかうものであるのはまちがいがない
こんなに世界はひろがっているのに
生きるということが小さくなっている
わたしの世界も足元のほんの小さな一部にすぎないのだが
あるがままの肝心な点から離脱しつづけてきた
――新たな生活がはじまると
ひとつの世界が幕をおろして
別の世界が生まれる

いま世界が一点に集中して
新しく雪化粧をする
蓮の咲く異国の白い陶器も
冬ぼたんの柵のなかで
一点の希望となってほしいものだ
知が組み換えられて世界が変化するとき
一杯のシェリー酒をきみとかたむけるにしても
なみなみとウィスキーを注ぐにしても
パブのなかでは
同じく花瓶の花は散り咲き
酔いしれるひとびとの姿は
背をまげ厚着をする永遠の姿なのだから

8 ヘミングウェイはどこへいった

Brick の窓辺に
黒い傘が流れていく
Brick の空間で
モダンジャズが呼吸した
ここで画家や詩人の出版パーティが開かれた

象徴的機能のオブジェよ
たわいもない思い出だ
茶色いカウンターの
透明な雨音に耳を澄ましながら
ひとりで赤い酒を飲んだ
パパ・ヘミングウェイの緑のモヒートを思い出しながら

Brick の思い出に

都会の流動する空間の路地よ
ポエム・オブジェのこころをかたむけよ
街に黄色い傘が降る
記憶帳《メモラビリア》には
ゴーギャンの絵と桔梗の女の思い出ばかりだ

9　イェイツへの旅

この旅は
どこからはじまり
どこへとつづくのだろうか
わたしたちの生死《しょうじ》は
どこかしらの暗闇から生まれて
どこかしらのみしらぬ暗闇へと帰っていくにちがいない
暗闇と暗闇とのあいだには
明るさと暗さのプロセスがあるという
——だから
この旅をおこなうにしても

不可知な砂漠の外洋へと
伝説のインガスよ　出かけることにしよう

旅人ハ路傍ニタタズミ
ワズライオオイ現実ノ世界ヲ厭ッテイル
スルト
仮面ヲツケタ男ガ
語リダス

わたしはアラン島へはいったことがないのです
海にそびえたつのは断崖の島影です
スライゴーのちかくで
イェイツは
この世に生まれおちた人生の不条理から
存在の統一を求めようとしました

イェイツは五十歳をすぎてようやく結婚しました
ひとの世は生老病死と有為転変の苦しみです
ひととして生まれた人生の楽しみを求めたこともあるのですが
不老国、西方浄土への旅を求めたのです

酒ハ口ヨリ入リ
恋ハ目ヨリ入ル、
ワタシタチハ老イテ死ヌマエニ
タシカニ知ルコトハコノコトデアル
ワタシハ杯ヲ口ニ挙ゲテ、
君ヲ眺メテハ、アアト嘆息スルノダ。

（イェイツ「酒の歌」）

ハイデッガーの晩年のことでした
祖国ドイツの危機のなかでナチズムへと加担し
ユダヤ系のハンナ・アーレントとつきあいました

アーレントはヤスパースの弟子でもありましたが
ヨーロッパ脱出後のニューヨークで『全体主義の起源』を書いています
資本主義や社会主義のタームでは
ナチズムやファシズムも
そしてスターリニズムの全体主義も解明できないというのです
ハイデッガーにとって彼女の存在は彼自身の老いを写す鏡でした
会えばヘルダーリンの詩を語り
自分の詩を読んで聴かせています
ハイデッガーはヘルダーリンに傾倒していたので
自分の葬儀では
弟子にヘルダーリンの話をさせ
子息にヘルダーリンの詩を朗読させたのです

偉大ナ歌ハイマハ聞エナクナッタケレドモ
現代ノ歌ハ強ク喜ビガアッテホシイモノダ——

波ガサッテイク浜ニネコロンデイルト
サザレ石ガ岸ニ鳴ッテイル音ガスルデハナイカ。
（イェイツ「十九世紀及びそののち」）

偉大なる歌とは『イリアス』や『オデュッセウス』や
『アエネーイス』のことですが
帰るべき場所は故郷のギリシアしかなかったのです
ドイツの国や人々にとって
ギリシアは美術や芸術の抽象と感情移入の故郷《ふるさと》でした
石ころとジャガイモのアイルランドにも同じことがいえるのです

――目のまえにひろがる光景は
アイルランドの海と崖の風景ではないのです
京葉工業地帯に海がはいりこんできています
いつしか、夕陽が海辺にあたる風景がすきになっていました

あるひとたちにたいする気持ちのような
スチームの暖かさでこころよい眠りにつくような
まことにそれはメタリックであると同時に
近代の原初がはらんでいたものに出会った印象でした
あちらの海岸では、風力発電の羽根がおだやかにまわっています
こちらの海では、船が岸に泊まったままでした
晴れた日には、とおく海のかなたに
富士山がみえるのです
いったいなぜ
海辺に横たわる工場や倉庫の灰色の屋根をみながら
古代の風と波に揺れるように
足裏の無意識がなぐさめられるのでしょうか
三・一一以後、しらずしらずと酒量が増えているのをいぶかるわたしたちに
海の風と波が、現代の歌をささやいているようです
それは戦後というものの原風景が

象徴的にイメージされている光景です
幼いころテレビや映画館でかいまみた
白黒のフィルムから切り取られたひとコマに感情移入できるのです

——ここは、アイルランドの海と崖の風景ではないのです
晩年のハイデッガーが愛したのは
ヘルダーリンとニーチェでした
『ツァラトゥストラはかく語りき』は
ヘルダーリンの『ヒュペーリオン』の強い影響で書かれたものです
宇宙や神との根源的一体性を歌うヘルダーリンは
資産家の婦人ズゼッテとの愛の証である
『ディオティーマ』を書きました
旅からもどってきた詩人がしったのは
彼女の死です
ヘルダーリンの精神は

深くひきさかれたまま
薄明の断層に、たゆたいつづけたのです
詩人にとって、帰るべきこころの故郷は
彼女の手紙とギリシアでした

——ロンドンのユーストン駅から電車にのると
北へむかう線路のさきには、アイルランド海峡がある
電車よ、船よ
ダブリンの街影はまぢかです
うす暗いパブでは
腕まくりをしたダブリナーズたちが
なまぬるい黒ビールを飲んでいました
港町スライゴーの近郊には
イェイツの愛したイニスフリイの湖島があります
初期の優婉閑雅の詩は

老いたケルトの農婦から聞き書きした民譚でした
老婆が語ったのはゲール語による神話です
やがて、無常観を歌う簡素枯淡の詩が生まれました
曇天の空を移動して、足裏よ、伝説のインガスを求めよと
イェイツにとっても
帰るべきこころの故郷《ハイマート》は、ギリシアでありアイルランドでした

——にび色の空が、荒い海とかさなっては崩れています
皺だらけの老婆にも、海はなごんで静かな表情をみせることもあるのです
わたしは電車の吊革にもたれて、窓から京葉地区の海の色をみていました
ひかりかがやく太陽と青い空が
工場や倉庫の屋根のむこうにあったのですが
今は灰色の海と空がとてもなごんでやってくるのです
老いた身体の、とくに足裏はそのことを感じています

夏の疲れがでて

身も心もきしむような朝でした
そのようなときには
灰色の海と空の色がにあうのです
「万巻の書を読み　万里の道を行かずんば
画祖となるべからず」(南画・董其昌)
だからいちどでいいのです
さすらいのインガスの船をかりて
不老不死の国へとわたる長い呼吸の道にでてみたいのです
愛と美によって神とひとと諸物が融合した
そんな世界があるとは思いませんが……
シングの『アラン島』は
パリにいたイェイツに勧められて書かれました
経験されない島や半島をめざしてみようというのです
——智の冒険、思考の冒険
イェイツは、インド思想を学んでいました

若き日にはウィリアム・ブレイクの全集を編纂しています
欣求楽土にむけて、輪廻の船よ　海を走れ
荒涼とした海よ　風よ
九・一一以後のアメリカとイスラムの国々を飲みこみ
三・一一以後の東洋のわたしたちに
妖精の歌声をいざなってほしいのです
北方航路に
こころの探求があるというのです
黒ビールと透明なキールの泡に
隣人愛と陰翳の美への嗜好があるというのです
もののあわれを知るアイルランドでは
東洋に「黄泉」の国があるように
王女が年下の青年を「相聞」につれていくというのです
塩からいベーコンとジャガイモのスープは
旅のはじまりです

暗い黄泉の国をいまより明るくいたしましょう
――だから
その終点の崖と海へと
湖上の白鳥よ　翼を広げ
強く足裏で水面をけりつけるようにして
とびたっていくのです

10

筑波山から東北をみる

江戸の桜でにぎわう春の飛鳥山にのぼると
八七六メートルの筑波山が
関東の平野にたちあがる
あの時代からしたしんできた
いつまでも終わらない
夏の日の午後
富士山から川が流れる麓の遺跡のあたりで
弥生と縄文の大きなたたかいがあった
(北方海路の青森から関東へと南下する稲作前線)
はるかな

それはとおいとおい時間のこと

母が生まれた羽生では
関西とことなる土師《はじ》による埴輪が出土した
中央王権を明示する
鉄剣の白い文字がうかぶ古墳群
航空写真が
田園のなかに大陸からきた
前方後円墳の陰影を映しだす

都邑では
西の菅原道真の怨霊に
おびえていた
陰陽師たち
大雨と地震や　火山が爆発する

天変地異が起ると
猿島の平将門が蜂起する
京都三尾にある神護寺の境内から
不動明王がやってきた
乱がおさまった後も
新勝寺に鎮座している

白い旗
源頼義と義家が
東北の役に蟻のように遠征する

伊豆の頼朝は、石橋山の合戦にやぶれたのだが
小船で房総半島に上陸した
将門をうった関東武士の子孫たちは

頼朝と鎌倉城にはいると
こんどは
三方から東北の地へと源氏の軍をむけた
宇佐八幡から石清水八幡宮、そして鶴岡八幡宮へと
（伊豆諸島からやってきて　北上する花火前線）

下野《しもつけ》の薬師寺は奈良の東大寺、筑紫の観世音寺とともに
授戒をつかさどる寺だ
薬師寺や新薬師寺とともに、三薬師寺ともいわれた
政治の中心から地方へ赴任する僧もいたが
そのなかには鑑真と中国から越境してきた職人もいた
東大寺の戒壇で具足戒をうけ
唐招提寺の金堂を建設した胡人の如寶《にょほう》である

大蔵経をもとめて鹿島や薬師寺に移動する

法然からとおくはなれていろはにほへと
親鸞からとおくはなれてちりぬるを
浅草駅から特急に乗って日光にいった
池袋駅から特急に乗って秩父にいった
秩父の盆地は巡礼が盛んだ
明治という時代の
近代国家というものになると
加波山にも秩父にも
自由民権の運動がおこる　わかよたれそ
つねならむ　館林の花袋が
羽生の青年をモデルに『田舎教師』を書く

あの年は
ふるえるような
寒い夏の東北の海岸地帯を

ぽつぽつと歩いた

うゐのおくやま　秋になる
けふこえて　冬になる
奈良の二上山では
夕空を染めあげて雄岳と雌岳が語りあう
筑波山の男体と女体の峰から
山おろしよ　あさきゆめみし　笛を吹け
民族の神と仏の修験の山は語る
基層の神祇宗教と普遍仏教が同化して川の水は流れ
利根川は、ゑひもせず、大きく蛇行していまも流れている

いまは夏の余燼が生んだ
霧もやに
霞ヶ浦も富士も

飛鳥地方の山々も隠れている
熊野と沖縄からとおくはなれていた
まれびとよ
（沖縄から瀬戸内海をとおって北上する桜前線）
上野をさまよって奥羽を透視する
筑波から東北がみえる

11

太陽と手の変幻

「手の変幻」とは
清岡卓行の名エッセイのタイトルだ
高村光太郎の彫刻や詩にも
「手」という作品がある

思い出のなかの母の手は
節くれだって不器用なものだった
父の手は
ふっくらと丸みを帯びた器用そうな手だった
おさないぼくの手はどのように動かしても

母の手ににて不器用だった
長い年月が流れ、父も母もいなくなってひさしい
世紀の春の空にすかして、ふと、自分の手をみつめてみる
いつのまにかぼくの手は父ににて、いくらかふっくらとしてきた

手と脳が密約をはたすと、ぼくの指はいくつもの書物の背表紙を歴程した
リルケからゲーテへ、ゲーテからダンテへと河をくだり
ホメロスやウェルギリウスからイェイツへと
「緑の思想」を探し求めた
やわらかい革に刻まれた文字をなぞる
指先の触感がポエジーとなりはなれない
沈黙したまま
いつまでも触れていたい
たしかにそのとき

ぼくのポエジーをはなすまいと強い意志が支配した
いまはただ沈黙の物語の時間にたえるがよい
背表紙と指との相聞に、警喩歌の「緑の思想」を探しているのだから

南の国では、海の彼方からまれびとがやってくる
しあわせという眼にみえない鳥を運ぶ来訪神をとりかこんで
海と列島に生きる南の男たちよ
眷属の実存となって、存在の舞踏をはじめようではないか
大和の十二神将が、中心の空虚を背にして立ちならんでいる
十二体とも憤怒の形相をまとって

（なぜかって？）

願われた、白鳳仏の香薬師像が生死《しょうじ》の実存をかたどる
薬師像は、明治年間に二度盗まれたものの

そのたびにもどってきた
昭和十八年に三度目の盗難にあったあと
いまはゆくえがわからない
夕暮れどきの明るさと暗さの淡い変幻が
求められた禁制への侵犯を
いずこかで秘しつづけている
夕星にむかって、隠れているきみよ、語らずともよい
きみは香薬師の不在の空間に摸像を立て
空白の実存を埋めながら
いまでも沈黙をおくりつづけているのだから

（言葉の背後にあるのはたしかに沈黙だ
　沈黙から詩の実存が生まれでる）

劇場で語られ　演じられる　都会の書物の物語よ

灰色の布切れを頭に被った人形使いが
男と女の形象を物語に引用する
海の街では
祝祭の舞踏会が
ひとときの人間性回復のピルとなる
ポエジーが揺れ、 手が変幻する
まれびとに捧げようと、 祝祭の言葉をさがしあぐね
月のゴンドラに
なれない手つきでシュールな言葉を投げかけよう
まれびとは、 予期していたかのように
小船から小船へときわどく飛び移る
するりと移る太陽は移動体
川から緑に光る大阪城をみた　白昼
白く翼をひろげた姫路城をみた　月夜

城は、どこからみても美しい
新世紀は明けたのに
社会と経済は停滞した時空間の連続体だった
暗いトンネルのなかを地下鉄が走る
わたしたちの意識の連続体も
新世紀をむかえ、いまだ迷宮のトンネルのなかにあるようだ
電車は、いつまでも地上へ帰還できないでいる

地上の真昼
太陽の持続が、変幻して、詩作する
地上の夜
月と星の持続が、変幻して、詩作する
無限の原野に
「緑の思想」を探し求めて、出帆せよ
手が、変幻して、旅発つとき

第一次大戦後のエリオットも
太平洋戦争前後の鮎川信夫も
ともに「荒地」の原野にたどりつく

12 星祭

本日はいちにちじゅう
夜空を眺めながら
星祭をみていました
するとひとつの星が
白い線をひいて

遅くなりました、と流れてきました
しばし時間を止めて
沈黙した属星が約束のはんこうを
あちこちと押しておりますと
本命星《ほんみょうしょう》は
星月夜の子午線をこえて
またお会いいたしましょう、と帰っていきました
天空の星の入り

夜想曲

（モーツァルトが奏でる）星祭

13

裏町で聖女にであう

旧市街のスパッカ・ナポリに
サンセヴェーロ礼拝堂の美術館がある
中央に「ヴェールに被われたキリスト」が横たわる
十字架からおろされた繊細な大理石像だ
バッハのマタイ受難曲が磔刑図を透視する
モーツァルトのレクイエムが
無名の石工を比喩で語る
結社の精神の繫がりを
フリーメイソンの解読は
解釈を変えて理解する

聖なるメタファーに
錬金術師たちはたがいの恍惚をしめした
解釈と批評を詩にみいだす旅
石工の革の靴よ
路地をくだれば
あまたの秘法が横たわり
濡れた石畳がむこうから歩いてやってくる

——裏町で、はたと聖女にであう

ローマのトラステヴェレでは
サン・フランチェスコ・ア・リーパ教会にある
アルティエーリ礼拝堂の「福者ルドヴィカの法悦」にであう
市内の四つ角では
サンタ・マリア・デッラ・ヴィットーリア教会で

「聖女　テレサの法悦」にようやくにして
であうことができた
天井から天使たちが楽奏する
ともにベルリーニの大理石の作品である

14 エピローグ――わたしは詩をかいていた

神田川の水面を
花びらが流れていく
花びらは白い渦となる
渦は宇宙の神秘のコンプレックスだ
桜の樹のうえに高架がみえる
コバルトの空を赤い電車が走っていく

（I will be with you again.）
カーヴをまがっては
すみなれた都会の騒音から

車のなかで眼をとじていた
雨空は骨董品のように空虚だった
古書店の主人は雑本を引き取り
小型トラックのエンジンをかけると

目深に帽子をかぶった

(I will begin again.)
沿道の赤いポスターがうずくまる
神楽舞で太鼓をたたくむすめたちよ
まつりのあとの月蝕のさびしさに
樹のしたで鳥が羽毛にほほをうめた
(I will be with you again.)
ハーレイ・ダヴィッドソンで群れている
中高年の影絵はものものしい
スノーボードの若者は空へとびあがっては

肋骨をきしませながら
坂道を解剖した
街灯のなかに彫刻された
遠景の救急車は
闇の砂漠のなかで
赤灯を点滅させたままことりとも動かない
中島みゆきの歌とシュプレヒコールの波に
アカペラのゴスペルで電燈の肩をゆすった
夕闇がおりると
雛鳥たちが高層ビルの谷間の池を渡る
ドッグランでは
フレンチ・ブルドックとボストン・テリアが
頬をたるませてつまづいた

（星のふる夜はころんではいけません

飼い主たちが犬を追ってゆく
スカートの裾にリードがまとい
漆黒の空に下着の明かりを点滅させる
ビルが遠くにそびえたつ
美しい月の透明な明るさのとき

——わたしは詩を書いていた
欲望の真夏の昼には
写真家のダンス・マカブルたちも
生きるためにペットボトルを何度も口にかたむけたんだ
夏は透明な球のなかにある
蝸牛たちがギャロップする
日常の風景のなかに生死《しょうじ》が反復する
二十年ごとに建てかえられる天津神の社をめざし

現代の巡礼者たちが
ビルの地下から雨のなかを出発した
ツインタワーのたつ東京駅に

防災用の水タンクがつまれている

坂道のレンガのうえを
朝日がのぼってくる
だれもがやってきた国津神の道は
だれもがうけいれられる海へと燃えた
景気がさがるとアンティークがはやる
骨董市の商人たちの願いが
茣蓙《ござ》をしいた公園に未明から顔をまばたかせた

（暗イ坂道ヲマガッテ　白イ坂ヲノボッテクル　朝ノ機械タチ

光悦の弟子加藤民吉は
震災のあった淡路島で窯をひらいた
弘法さんの露天市でも
未明の暗いうちから懐中電灯のあかりで
掘り出し物をみつけるのはきみたちの仕事だ
李朝の白磁を買いこんだ
東寺の金堂と講堂で仏たちにみいっていた
空海が描いた立体曼荼羅の前で
——いのちについてつまらないほど考えていた
シュルレアリストたちも
古美術を深く愛した
河岸で孤独な瀬音をききながら
工場にむかうシモーヌ・ヴェイユの疲弊した青春よ
アパートから石畳の道に身体の足裏を解放する

——夜の窓辺で詩をかいていた
テレビの映像は
グリーンと白のユニホームを映している
身体を放牧したサッカーは
ゴール前でボールを融解させた
守りも攻撃の姿態も
間髪いれずの同時性だ
そんなとき
言葉をもとめたフリューゲルホルンは
出発するがよいと夜空に十二音をえがいた
街のネオンのなかで
絵に描かれたような
黄色く暮れたカフェ・テラスがある

(I will begin again.

I will be with you again.)
わたしは詩をかいていた

初出一覧

1 プロローグ　「東京新聞」夕刊、二〇一一年八月二十七日
2 月山をいく　書き下ろし
3 月と足裏のラプソディ　「ガニメデ」五十二号、二〇一一年八月
4 多島海　書き下ろし
5 早春のナポリ　「ガニメデ」五十四号、二〇一二年四月
6 カラヴァッジョの絵　書き下ろし
7 間奏　「ガニメデ」五十六号、二〇一二年十二月

8　ヘミングウェイはどこへいった　書き下ろし
9　イェイツへの旅　「ガニメデ」五十三号、二〇一一年十二月
10　筑波山から東北をみる　「文芸埼玉」八十四号、二〇一〇年十二月
11　太陽と手の変幻　「ガニメデ」五十一号、二〇一一年四月
12　星祭　書き下ろし
13　裏町で聖女にであう　書き下ろし
14　エピローグ　「ガニメデ」四十二号、二〇〇八年四月

ナポリの春《はる》

著者
岡本勝人《おかもとかつひと》
発行者
小田久郎
発行所
株式会社思潮社
〒一六二―〇八四二　東京都新宿区市谷砂土原町三―十五
電話〇三（三二六七）八一五三（営業）・八一四一（編集）
印刷所
三報社印刷株式会社
製本所
誠製本株式会社
発行日
二〇一五年九月十五日